(N° 148)

Vente du Jeudi 5 Novembre 1896

HOTEL DROUOT, SALLE N° 8.

ESTAMPES

ANCIENNES ET MODERNES

DE TOUTES LES ÉCOLES

Ornements, Portraits

ET

DESSINS

Me MAURICE DELESTRE,
COMMISSAIRE-PRISEUR
5, Rue Saint-Georges, 5

M. DUPONT AINÉ,
MARCHAND D'ESTAMPES
15, Rue de Seine, 15

CATALOGUE (N° 148)

D'ESTAMPES

ANCIENNES ET MODERNES

DE TOUTES LES ÉCOLES

Ornements, Architecture, Vitraux

PORTRAITS

DE SAVANTS, D'ARTISTES ET D'AMATEURS

DESSINS

ANCIENS ET MODERNES, ESQUISSES, ETC.

DONT LA VENTE AURA LIEU

HOTEL DES COMMISSAIRES-PRISEURS, RUE DROUOT

Salle n° 8

Le Jeudi 5 Novembre 1896

à deux heures précises.

Par le ministère de Me **MAURICE DELESTRE,** commissaire-priseur,
Rue St-Georges, N° 5.

Assisté de M. **DUPONT** aîné, marchand d'Estampes, rue de Seine, n° 15.

Paris, 1896.

412

CONDITIONS DE LA VENTE

Elle sera faite au comptant.

Les acquéreurs paieront 5 % en sus des enchères applicables aux frais.

M. Dupont se réserve la faculté de réunir ou de diviser les lots.

Pour les dessins nous avons conservé les attributions de l'amateur.

L'Ordre du Catalogue sera suivi.

DÉSIGNATION

ESTAMPES

BALECHOU et DUPUIS

1 — Le prince d'Orange, d'après Aved. — Jacques d'Heuzy, d'après Vanloo. Deux pièces, très belles épreuves.

BAUDET-BAUDERVAL

2 — Portrait de M. Charles Hervey, amateur d'autographes et de portraits sur le Théâtre. Aquarelle.

BEIN, HENRIQUEL et MULLER

3 — Origine de la Peinture. — Apelle et Campaspe. — La Grèce ; suite de trois vignettes. — Six exemplaires avant la lettre sur chine, grand papier.

BELLAY et A. JACQUET

4 — La Charité. — Le Courage militaire, d'après Paul Dubois. Deux belles épreuves sur chine.

BERTINOT

5 — Hérodiade, d'après Luini. Epreuve d'artiste sur chine.

BLOOTELINGH et PONTIUS

6 — Flinck, J. de Héem, J. Cocceï, M. Capellus. Quatre pièces, très belles épreuves.

BOILLY (L.)

7 — Son portrait ; deux pièces différentes. Cinq épreuves.

BOISSIEU (J. J. de)

8 — Paysages et sujets. Quatre pièces, anciennes épreuves.

BONASONE (J.).

9 — Bacchus sur un char, traîné par des tigres. — Scipion blessé à la bataille du Tessin. — Silène monté sur un âne. — Silène et le roi Midas. — Clélie traversant le Tibre. — La Manne. — La Vierge assise dans le ciel. — La Naissance de St Jean-Baptiste. — Conversion de St Paul. Onze pièces, belles épreuves.

BOUCHER (Fr.)

10 — L'Amour sur les Eaux. — Le Génie de la Sculpture. — La Vendange. — L'Amour instruit par Mercure. — La fille à l'Oiseau, etc. Huit pièces, très belles épreuves.

BOUTÉLIÉ et TEYSSONNIÈRES

11 — Béatrix d'Este, d'après Léonard de Vinci. — St Bruno refusant les présents du comte de Calabre, d'après J. P. Laurens. Deux pièces avant la lettre.

BRIDOUX (A.)

12 — La Vierge, l'enfant Jésus et un adorateur, d'après Léonard de Vinci. Deux épreuves avant la lettre.

CALAMATTA

13 — Le Docteur Martinet, d'après Ingres. Douze épreuves sur chine.

CARMONTELLE

14 — Léopold Mozart, père de Marianne Mozart et de J. Wolfgang Mozart, par Llanta, in-fol. Trois belles épreuves.

CARRACHE (les)

15 — Suzanne au bain. — St-Jérome. — La Vierge protégeant deux confrères. — Le corps mort de Jésus-Christ. — La Nativité. — St-François en extase. — Mariage mystique de Ste-Catherine, etc. Treize pièces.

CATHELIN (L.)

16 — La comtesse de Provence. — Le comte de Provence, d'après Drouais; in-fol. Deux pièces, belles épreuves.

CHARDIN et DESCAMPS

17 — L'Aveugle, par Surugue. — Le Négociant, par Le Bas. Deux pièces. très belles épreuves.

DEMARTEAU et J.-B. OUDRY

18 — Sujets d'après Boucher et Le Prince, à la sanguine. — Sujets de chasse. Sept pièces.

DEVÉRIA (A.)

19 — Léon Noël. — Camille Roqueplan, in-fol. Trois pièces avant la lettre.

DIDIER et FLAMENG

20 — Anne de Clèves, d'après Holbein. — Marie de Médicis. Deux épreuves d'artiste, signées.

DIVERS

21 — Estampes gravées par les meilleurs artistes, d'après les tableaux du Musée du Louvre, in-fol. Cent soixante-quatorze pièces, anciennes épreuves ; dans un carton.

22 — Galerie du Palais-Royal, dédiée à S. A. le duc d'Orléans, par J. Couché, graveur. Paris, 1786, in-fol. Deux cent quarante-deux pièces, la plupart en anciennes épreuves ; dans un carton.

23 — Les Artistes anciens et modernes. Deux cent soixante-sept pièces lithographiées ; dans un carton. Deux lots.

24 — Société française de gravure. Paris, Gazette des Beaux-arts, in-fol. Collection de vingt-quatre pièces avant la lettre sur chine.

25 — Gravures en double. Quinze pièces avant la lettre.

26 — La même collection. Vingt et une pièces avec la lettre, dont quatre en double.

27 — Gravures relatives au commerce d'Estampes. Trente pièces.

28 — Gravures diverses modernes. Quinze pièces.

29 — Photographies d'après les anciens maîtres. Vingt pièces.

ÉCOLE DE FONTAINEBLEAU

30 — Alexandre domptant Bucéphale, par Léon Davent. — Romulus et Rémus bâtissant la ville de Rome. — Les Grecs se rendant maîtres du Palais de Priam. — Les Troyens introduisant dans leur ville le cheval de bois. — Une femme à genoux retenant un guerrier. — Vénus regardant Mars qui dort dans un lit. — Jeux d'amours dans un bois ; sujets anonymes. Huit pièces, belles épreuves.

EICHENS (E.)

31 — Chr. D. Rauch, in-fol. Trois épreuves dont une avant la lettre.

EISEN père

32 — L'Ecole flamande. — L'Ecole hollandaise, par J. Ouvrier. Deux pièces, très belles épreuves.

GAUCHEREL (L.)

33 — Monuments antiques, d'après un dessin de Duban, in-8. Six épreuves avant la lettre sur chine.

34 — La comtesse de Verrue, in-8. Quatre épreuves dont deux avant la lettre, grand papier.

GAUCHER, SAVART, etc.

35 — Gustave III, Christian VII, Gustave III, Ferdinand IV, Charles-Emmanuel III. Six pièces, belles épreuves.

GÉROME

36 — La Collaboration, par Morse. Belle épreuve sur chine.

GHISI (Adam)

37 — Deux amours montés sur des dauphins. — Faune jouant du chalumeau. — La Victoire. — Combat d'un lion et d'un cheval. — Le jeune Hercule avec la Vertu et la Volupté. Cinq pièces, belles épreuves.

GHISI (Georges)

38 — Vénus embrassant Adonis. — La Victoire. — Bacchus retournant en triomphe de la conquête des Indes. — Marius à Minturnes. — La mort de Procris. — Alexandre et Talestris. — La Visitation. — Les plafonds ovales, d'après le Primatice. Douze pièces, belles épreuves.

GHISI (J.-B. et Diane)

39 — La Vierge sur un croissant. — La Transfiguration. — Un Fleuve. — Latone dans l'île de Délos. — Un charlatan tenant des couleuvres et des serpents. — La Vierge sur les nues, d'après Raphaël, non décrite par Bartch. Huit pièces, belles épreuves.

GIRARD (F.)

40 — M. Villemain, d'après Ary Scheffer, in-fol. Soixante-six épreuves.

GREUX (G.)

41 — Jubé de St-Etienne du Mont, in-fol. Deux épreuves sur papier différent.

GREUZE (J.-B.)

42 — La Privation sensible, par Simonet. Treize épreuves du 1er état avant que les armes aient été effacées, toutes marges.

GUIDO-RENI et autres

43 — Sujets religieux et mythologiques gravés à l'eau-forte. Douze pièces.

HENRIQUEL-DUPONT

44 — Le Christ consolateur, d'après Ary Scheffer. Très belle épreuve.

45 — La Princesse Marie d'Orléans, d'après Scheffer. Deux épreuves d'artiste imprimées en bistre.

46 — Portrait de Sauvageot, in-fol. Deux épreuves d'artiste — Plus trois épreuves du portrait de Mme de Mirbel.

HOLSTEIN et MEYSSENS

47 — P. Florisz, vice-amiral de Hollande. — Jacques Stoppius, d'après Popels. Deux pièces, très belles épreuves.

HUMBELOT et autres

48 — Plaisanterie d'un Procureur de Dôle. — Le Meunier pris à l'anneau. — Les dolents et mal mariés à la rue de l'Arbre Sec. — Le Jugement de Pâris. — Le Festin, in-fol. Cinq pièces.

INGOUF

49 — P. G. Simon, imprimeur du Parlement, d'après Pougin de St-Aubin, in-fol. Quatre épreuves.

JACQUEMART (J.)

50 — Le Cabinet des Médailles, Trépied, Miroir et Bijoux du XVIe siècle, Vases, Médailles antiques. Quatorze pièces avant et avec la lettre.

JACQUET (A.)

51 — Le Courage militaire, d'après Paul Dubois. Deux épreuves, dont une avant la lettre sur chine.

KELLERHOVEN et HECKEN. UER

52 — Moritz Kellerhoven, par lui-même. — G. A. Guidotti, marchand à Lucques. Deux pièces. Rares.

KRAFT (P.)

53 — Dominique Artaria, marchand d'Estampes à Vienne, par Grimm. Très belle épreuve.

LA GUILLERMIE

54 — Portrait d'homme d'après Antonelle de Messine. Deux épreuves sur chine.

LEFÈVRE (Ach.)

55 — Le Général Foy, d'après Horace Vernet, in-fol. Deux épreuves avant la lettre sur chine.

LEMOINE (A.)

56 — Le comte de Nieuwerkerke, d'après Lehmann, in-4. Treize épreuves sur chine.

LEMUD (A. de)

57 — Enfance de J. Callot. — Mathieu Laensberg. — Hoffmann. — Légendes des frères Van Eyck. Six pièces.

LEROUX et L. PETIT

58 — Sainte Thérèse, d'après Girard. — La Vierge de Parme, d'après le Corrège. — La Transfiguration, d'après Raphaël, in-4. Trente-sept épreuves avant et avec la lettre.

LEROY (Alph.)

59 — Collection de Dessins originaux des Grands maitres, gravés en fac-simile, in-fol. Cinquante-neuf pièces dont plusieurs doubles ; dans un carton.

60 — Fac-simile de dessins du Musée Wicar. Cent pièces, dont plusieurs doubles ; dans un carton.

61 — Corot, d'après Aimé Millet. — Le pape Pie IX, in-8. Ensemble quinze épreuves sur chine.

LORRAIN (Cl.)

62 — Planches tirées du *Liber véritatis*, in-fol. Cent quaquarante-sept pièces imprimées en bistre ; dans un carton.

MARC-ANTOINE RAIMONDI

63 — La Vierge au berceau. — Ste-Cécile. — Le martyre de Ste-Félicité. — Ananie frappé de mort. — Le Jugement de Pâris. — Le Parnasse. Sept pièces.

MARC DE RAVENNE, etc.

64 — La Force. — Vénus blessée. — Vénus et l'Amour. — La Sainte famille. — L'ignorance vaincue. — Batailles, etc. Treize pièces.

MARE (T. de)

65 — Portrait d'Honoré Fragonard, d'après Lemonnier, in-4. Quatre épreuves avant la lettre,

MASSARD (L.) et PANNIER

66 — Portraits de M. Thiers, in-8 et in-4. Quatre pièces avant la lettre.

MATHAM, PREISLER, VAILLANT

67 — Fr. Burkmann, J. Banning, Bernard Paludanus, J. Godefrid, J. P. Wurster. Six pièces, très belles épreuves.

METZU

68 — La Riboteuse hollandaise, par Daullé. — La Hollandaise à son clavecin. — Le Déjeuné de la hollandaise, par M. Boizot. Trois pièces, très belles épreuves.

MOREAU et ELLUIN

69 — Grétry, musicien. — La Ruette, comédien italien. Deux pièces, belles épreuves.

MORSE (A.)

70 — Le Bénédicité, d'après Maës. Deux épreuves dont une avant toute lettre sur chine.

MURILLO

71 — La Naissance de la Vierge, par L. Massard. Sept épreuves sur papier de Chine.

72 — La même estampe. Douze épreuves sur papier blanc.

ORNEMENTS

73 — Recueil d'ornements d'après les maîtres les plus célèbres des XVe, XVIe, XVIIe et XVIIIe siècles, reproduits par les procédés de l'héliogravure de Edouard Baldus. Paris, J. Baudry, 1869, in-fol. Deux cent vingt-six pièces ; dans un carton.

74 — Monuments français inédits pour servir à l'histoire des Arts, par Willemin. An 1806, in-fol. Deux cent cinquante-neuf pièces en noir et coloriées ; dans un carton.

75 — L'Art architectural, décoratif, industriel et somptuaire de l'époque Louis XVI, par Auguste Schoy. Liège, Claesen, 1858, in-fol, Quatre-vingt-seize planches ; dans un carton.

76 — L'Art Arabe. Paris, Morel et Cie, in-fol. Quatre-vingts pièces en noir et en couleur dont plusieurs doubles ; dans un carton.

77 — Flore ornementale, par Ruprich. Robert, Paris, 1866. Cent soixante-trois pièces ; dans un carton.

78 — Ornementation usuelle, par Pfnor ; in-4. Soixante-huit planches ; dans un carton.

79 — Collection Sauvageot, par Edouard Lièvre. Cinquante-huit pièces sur chine ; dans un carton.

80 — Vitraux anciens, in-fol. Cent cinquante-deux pièces la plupart en couleur, dont plusieurs doubles ; dans un carton.

PLUVINEL (de)

81 — Equitation. Dix-neuf pièces, très belles épreuves.

PORTRAITS DIVERS

82 — Acteurs. Quatre-vingt-huit pièces.

83 — Actrices. Trente-six pièces.

84 — Musiciens. Treize pièces.

85 — Peintres, sculpteurs, architectes. Quarante-deux pièces.

86 — Artistes et amateurs. Quarante-six pièces.

87 — Amateurs. Quatre-vingt-quatre pièces.

88 — Editeurs et marchands d'Estampes. Quinze pièces.

89 — Amateurs d'estampes et bibliophiles. Quarante-sept pièces.

90 — Célébrités diverses. Soixante-dix-huit pièces.

91 — Portraits de femmes, lithographiés. Vingt pièces.

92 — Portraits tirés de la *Galerie de la Presse* et du journal l'*Artiste*. Trente pièces.

93 — Portraits étrangers, in-fol. Trente pièces.

94 — Portraits étrangers, in-8. Quarante-cinq pièces.

95 — Une série alphabétique de portraits lithographiés. Environ deux cents pièces.

PRADIER (C. S.)

96 — E. A. de Wailly, fondateur et proviseur du Lycée Napoléon et du Collège Henri IV, d'après Mérimée, in-fol. Quatre épreuves dont trois avant la lettre.

PRUDHON (P. P.)

97 — Une famille malheureuse, lithographie in-8. Trois belles épreuves sur chine.

98 — Phrosine et Mélidor, par Roger, in-8. Cinq épreuves avant la lettre.

99 — Abrocome et Anzia, par Roger, in-8. Huit épreuves dont trois avant la lettre, grand papier.

100 — L'Ame, par A. Didier. Trois épreuves avant la lettre sur chine.

101 — L'Amour et l'Amitié, par Collette. Vingt épreuves sur chine.

102 — Plafond de Diane au Louvre, par Jules Boilly. Douze épreuves sur teinte.

103 — L'Amour séduit l'Innocence. — L'Innocence préfère l'amour à la richesse, par Roger, in-fol. Quatre pièces à toute marge.

104 — L'Ame — Le Repentir — Thémis — L'Amour aiguisant ses flèches, par J. Boilly. Neuf pièces.

105 — La Soif de l'or, par Budischoirky. — Vignette signée: Prudhon fec. in-8. Ensemble quinze pièces.

PRUDHON et GÉRARD

106 — L'Amour séduit l'Innocence, par Roger. — Flore caressée par Zéphire, par Pradier. Deux pièces.

RIBAULT (J. F.)

107 — Marie-Louise, impératrice, d'après Bosio, in-fol. Neuf épreuves dont trois avant la lettre.

ROUSSEAUX (E.) et DU BOUCHET

108 — Portraits d'hommes, in-fol. Trois pièces dont une avant la lettre.

RUOTTE

109 — Melle Raucourt d'après Gros, in-fol. Vingt-huit épreuves.

RUOTTE et FOURNIER

110 — Nicolas Daleyrac, musicien. — Bartolini, d'après Ingres, in-4. Quatre pièces.

SALMON (Ad.)

111 — Le Concert champêtre, d'après le Giorgion. Epreuve avant la lettre sur chine.

112 — Le duc de Montebello, d'après Moran, in-fol. Sept épreuves d'artiste sur chine.

SCHIAVONETTI

113 — J. Adolf Werner, baron de Pallandt, d'après Leslie, in-fol. Très belle épreuve.

SUYDERHOEF (J.)

114 — Jean Hoornbeeck — André Rivetus — Swalmius. Quatre pièces, très belles épreuves.

TAVERNIER

115 — Château de Chambord. — Lanterne de la place du vieux marché à Rouen. Quatre pièces avant la lettre.

TERBURG (G.)

116 — La Santé portée. — La Santé rendue, par Chevillet. Deux pièces, très belles épreuves, grandes marges.

TOUZÉ

117 — Tableau magique de Zémire et Azor. Très belle épreuve.

TURNER (C.)

118 — Mme Malibran, dans *Othello*, d'après Decaisne, in-fol. Dix-sept épreuves.

VANDYCK et autres

119 — Le Titien et sa maîtresse. — Le Reniement de St-Pierre. — Portrait du Titien. — St-Jean, évangéliste, etc. Huit pièces. 6

VENITIEN (Aug.)

120 — Vénus et Vulcain. — Hercule et Antée. — La Manne. — Elymas aveuglé par St Paul. — La Vierge à la longue cuisse. — L'Empereur rencontrant le guerrier. Six pièces. 8.50

121 — Les Termes et statues en gaines. Deux suites de quatre pièces. 8

VICO (Enée) et R. BOYVIN

122 — Dieu apparaissant à Isaac. — Le Combat des Lapithes et des Centaures. — Les Forges de Vulcain. — Chœur de Dryades. Six pièces. 10

VOSTERMAN et WISSCHER

123 — Maugis des Granges, J. de Bran, C. Hugens, Robert Junius. Six pièces, belles épreuves. 6

WASTON (J.)

124 — Phillips Glover, in-fol. Belle épreuve. 2

WATTEAU (Ant.)

125 — Pour garder l'honneur d'une belle... — La peinture — La sculpture, etc. Sept pièces, belles épreuves. 17

128 bis — 4

WILLE (J.G.)

126 — Les Bons amis, d'après Ostade. — La Mort de Cléopâtre, d'après Netscher. Deux pièces, très belles épreuves. 2.80

127 — Un lot de portefeuilles en bon état. 10.80

DESSINS

BARABANDY

128 — Mlles Théo et de Marsy. Trois dessins à la plume. Signés.

BAUER, BRUN et A. MARTIN

129 — Portraits et sujets. Treize dessins à la plume.

BÉNARD fils, GIL-BAER, etc.

130 — Scènes de genre. Neuf dessins à l'encre de Chine et à la plume.

BENUCCI (J.)

131 — Porte d'entrée d'un château. – Cascade. Deux gouaches. Signées.

BIDA (Attr.)

132 — Les Derviches tourneurs. Aquarelle.

BIGOT (G)

133 — Scènes parisiennes. Quinze dessins à la plume.

BIGOT et DELBOS

134 — Les premiers froids. — Au Luxembourg. – Marchand de Marrons. Trois dessins à la plume. Signés.

BONFILS (G.)

135 — Le jour du Vernissage au Salon. Dessin à l'encre de chine. Signé.

BOVART, LECOCQ, PARAIRE, etc.

136 — Portraits. Cinquante dessins à la plume et à la pierre noire.

BRUNET-DEBAINES

137 — Paysages. Deux dessins au crayon noir, lavés d'encre de chine. Signés.

CHESNEAU et P. NAC

138 — Printemps. — Minuit, sept heures. — Costumes. Trois dessins à la plume.

CHOUBRAC

139 — Les bouquinistes, quai Malaquais. Dessin à la plume. Signé. — Avec une poésie de Maurice Chardon.

CIBOT

140 — Etudes et croquis. Quatorze dessins aux crayons noir et blanc.

CLAIRIN, PUTOIS, RANFT

141 — Vignettes, Menus, Sujets de genre. Vingt-huit dessins à la plume.

CLÉDAT (S.)

142 — Costumes de théâtre. Quatre aquarelles.

CLERGET (Hubert)

143 — Paysages. Deux aquarelles. Signées.

COLL-TOC, JANEL, CUISINIER, etc.

144 — Sujets divers et portraits. Seize dessins à la plume.

COUTURIER (Ed.)

145 — Au Moulin de la Galette. — Sur la pelouse de Longchamps. — Une Etoile. Quatre dessins à la plume et à la pierre noire. Signés.

DAVID (Ecole de)

146 — Cérémonie funèbre dans l'antiquité. Esquisse à l'huile en forme de frise.

147 — Compositions diverses. Vingt-deux dessins à la plume et à la sépia.

DE BER, CHESNEAU et LE GUEY

148 — Les Chiqueurs. — Petits profits. — Sur le boulevart. — Nos Modèles. — Un bon conseil. Cinq dessins à la plume et au lavis.

DELBOS et P. NAC

149 — Scènes parisiennes. Dix-huit dessins à la plume.

DELBOS, WÉBER, etc.

150 — Inauguration de la statue de Rouget de Lisle. — Lecture du journal le *Soir* au boulevard des Italiens. — Le Boulevard le lendemain des Elections. — Le Café Soufflot. Quatre dessins à la plume et rehaussés.

DROUYN (Léo)

151 — Paysages. Trois dessins au fusain. Signés.

DUMARESQ (Armand)

152 — Zouave blessé, guerre d'Italie. Dessin très important à l'aquarelle. Signé.

153 — Le Salut. — Napoléon en observation. Deux aquarelles.

154 — Soldat blessé. Solférino, 1859. — Royal horse-guards. — Tambour écossais. — Marin Turc. Quatre aquarelles.

155 — Annamites. — Hussard de la République. — Croquis militaires et autres. Vingt pièces.

DUPATY, LA PINELAIS, MERWART

156 — A l'Exposition de sculpture. — Conducteurs annamites. — Allégorie. Trois dessins à la plume. Signés.

DUPLESSIS-BERTAUX

157 — Napoléon recevant un ambassadeur. Dessin à la sépia.

FALCO

158 — Portraits. Trente-deux dessins à la plume.

FONTAINIEU (P. de)

159 — A la Villa Pamphili. — Etude dans le Colysée à Rome. — Deux aquarelles. Signées et datées.

160 — Temple de Pœstum, près de Naples. — Sur la côte de Pausilippe. Deux dessins à la sépia. Signés et datés.

FONTAINIEU (A. de)

161 — Ruines du château de Coucy. Aquarelle. Signée.

162 — Vues prises dans le Cloître de St-André à Bordeaux. Quatre dessins à la sépia. Signés et datés.

163 — Le Clocher de St-Macaire. — Porte de Ville à St-Macaire. — Château de Roque-Taillade. Trois dessins à l'aquarelle et à la sépia. Signés et datés.

164 — Château de Tarascon. — Ville de Beaucaire. Deux dessins à la sépia et à l'aquarelle. Signés et datés.

165 — L'Eglise de St-Jean à Aix, prise dans le jardin du Musée. — Cloître de St-Sauveur à Aix. — Chapelle de Baujeu à Arles. — Vue intérieure du monastère de Lérins, près Cannes. Quatre dessins à la sépia et à l'aquarelle. Signés.

166 — La Fontaine de Vaucluse. — La Porte dorée à Fréjus. — Oratoire dans la forêt à la Ste Beaume, en Provence. Trois dessins à la sépia et à l'aquarelle. Signés et datés.

167 — Anse des Catalans à Marseille. — Cimetière du château d'If. — Porte dite de César. — Etang de Saint-Chamas. Quatre dessins à la sépia et à l'aquarelle. Signés.

168 — Prison de Monte-Cristo au château d'If. — Dans l'Eglise souterraine de St-Victor à Marseille. Deux aquarelles. Signées et datées.

169 — Cloître de St-Paul à Rome. Dessin à la sépia. Signé et daté.

170 — Intérieur de la cathédrale de Mont Réale près Palerme. Dessin à l'aquarelle rehaussé d'or .Signé et daté.

FOURNERY (F.)

171 — Incendie de l'Opéra-comique en 1887. — Scène de la *Tosca*. Deux dessins à la plume, rehaussés. Signés.

FOURNERY, CLARUS, PÉTRUCCI, (etc.)

172 — Actualités, scènes de théâtre. Quatorze dessins à la plume.

GARIN et RABIER

173 — Sujets religieux. — Intérieur de cloître. Trois aquarelles. Signées.

GRAMMONT (E.)

174 — Chez Lemardeley. — Luncheon-Bar. — Grill-room. — Cloons. Quatre dessins à la plume.

GRAVELOT (H.)

175 — Eventail ; départ de Thésée. Dessin à l'encre de chine. — Au verso, une autre composition au lavis de sanguine.

GRIMAUX

176 — Cinq albums de croquis de peintures exécutées dans des églises en Bretagne, dans le genre des maîtres primitifs. A la plume et à la mine de plomb.

GUIDO, LE RIVEREND, BARTHÉLEMY

177 — Portraits et sujets. Vingt-cinq dessins à la plume.

HAMEL (Henry)

178 — Croquis parisiens, acrobates. Cinq dessins à la plume.

HANRIOT, STEIN, LE RIVEREND

179 — Scènes de théâtre : Affaire Clémenceau, Francillon, Mensonges. Trois dessins, plume et lavis.

HUART, MASSOUL, BRUYAS

180 — Café des moules. — Une Idylle. — Le Charcutier, etc. Six dessins à la plume et au lavis.

JACQUE (F.)

181 — Charlotte Corday et Marat. Dessin au crayon noir. Signé et daté.

JEANNIOT

182 — Danseuse. Dessin à la plume. Signé.

183 — Une séance à la Chambre des députés. Dessin à la plume. Signé.

JEANNIOT et ROCHEGROSSE

184 — A la gare de Lyon. — Concours de Rome, etc. Cinq dessins à la plume.

JOSSOT

185 — Les vierges. Deux dessins à la pierre noire. Signés.

LAFITTE, A. LEFÈVRE, etc.

186 — Sujets de genre et paysages. Cinq aquarelles.

LALANNE (Max.)

187 — Gorges de montagnes et Forêt de sapins. Deux grands dessins à la pierre noire et au fusain. Signés.

LANGLOIS

188 — Portraits. Dix-neuf dessins à la plume.

LANGLOIS, R. MAURY, POGGI, TAVERNE

189 — Mme Ologniier, Jane Hading, Okita, Sarah Bernhardt, Mme Adam, Judith Gauthier, La princesse Lætitia, Lauréats du conservatoire, 1888. Huit dessins à la plume.

LEFMAN

190 — La Vendange. — Un orage. Deux dessins à la pierre noire.

LEHEUTRE

191 — Portraits et personnages de théâtre. Vingt-sept dessins à la plume et à la pierre noire.

LÉLU (P.)

192 — Le Jugement de Pâris. Dessin très important, à la sépia. Signé.

LE MIRE (N.)

193 — Tête d'étude au pastel. Avec deux gravures.

LORENTZ (A.)

194 — Son portrait, en pied. Dessin à l'aquarelle. Signé.

195 — Maximes de La Rochefaucauld. Suite de 13 dessins à l'encre de chine, in-8 ; dans un portefeuille.

196 — Polichinelle. — Arlequin. — Garde suisse. Trois aquarelles.

197 — Pierrot. — Arlequin. Trois aquarelles.

198 — Types populaires. Trois aquarelles.

199 — Allégorie ; figure de la France. — Une Muse. Deux aquarelles.

200 — Sujets divers. Quatre dessins et une lithographie.

MAURIN (A.)

201 — Portraits historiques. Trente-huit dessins à la pierre noire ; la plupart ont servi pour la lithographie.

202 — Portraits, études, scènes historiques. Soixante-deux dessins au crayon dont la plupart ont été lithographiés. 11

MAURY (Rose)

203 — Séance de l'Armée du Salut. — Accident du Pont de la Tournelle. Deux dessins à la plume. 2.50

204 — Cercle national des Armées de terre et de mer, rue de la Paix. Cinq dessins à la plume. 3

205 — Actualités parisiennes — Portraits. Seize dessins à la plume. 2

MAYER (Mlle)

206 — Portraits de femmes. Trois dessins à la pierre noire et à l'aquarelle. 20

MÈS

207 — Sujets de chasse. Deux dessins au fusain. Signés.

MONNIER (d'après H.)

208 — Grisettes. Deux aquarelles. 6.50

NOBLE (J.)

209 — Exposition des Cent chefs-d'œuvre en 1883. Dessin à la plume. Signé. 2.50

PAPÉTY (Dom.)

210 — La jeune mère. Dessin à la sépia rehaussé de blanc. Signé. 1

PAUQUET (H.)

211 — Marie Stuart et David Rizzio. Dessin capital, d'après le tableau de Ducis, exécuté pour la gravure. Aquarelle. Signée. 33

PENET (L.)

212 — Marchande de Cerises en costume Louis XVI. Dessin à la gouache. Signé. 8.50

PUTOIS, SCHEIDECKER, etc.

213 — Les Régates. — La Canonnière Farcy. Quatre dessins à la plume.

RABIER et R. SALLES

214 — Il pleut à torrents. — Une Rénovation. — Fatalité. Les Primeurs. — Farce canine. — Espoir déçu, etc. Neuf dessins à la plume et au lavis.

REDON (G.)

215 — La harpe antique. Dessin à la plume rehaussé. Signé.

RÉGNAULT (le baron)

216 — Vignettes pour l'*Enéide*, in-4. Deux dessins à la sépia. Signés.

SAUTIEUX

217 — Portraits et sujets. Dix-huit dessins à la plume et au crayon.

SAUTIEUX, TAVERNE, MOROGE

218 — Paul Baudry, peintre, Paul Déroulède, Raoul Toché, l'explorateur Bonvalot. Quatre dessins à la plume.

SCHEIDECKER

219 — Portraits et sujets d'actualité. — Funérailles des Victimes de l'incendie de l'Opéra-comique. Vingt-trois dessins à la plume.

SCOTT, MAY, H. RIVIÈRE

220 — Vues, vignettes, croquis. Quatorze dessins à la plume.

SIMS, DUPEYRON, BOUDROT

221 — Répétition au Moulin Rouge. — Abbaye de Thélème. — L'heure de l'Absinthe. Cinq dessins à la plume.

SIMS et POPINEAU

222 — Portraits et costumes. Trente dessins à la plume.

SOMM (Henry)

223 — Sur le boulevart. Aquarelle. Signée.

STEIN (G.).

224 — Costumes et scènes de théâtre. Quinze dessins à la plume et au lavis.

SWÉBACH

225 — Sujets militaires, et batailles de l'Empire. Douze dessins à la sépia et à l'encre de chine. Ont été gravés.

TAVERNE

226 — Portraits et costumes de théâtre. Cinquante-neuf pièces.

TAVERNE et PARAIRE.

227 — Portraits de Jules Ferry, M. Méline, docteur Verneuil, M. Christophle. Quatre dessins à la plume.

TAVERNE, L. RENOUT, MARTIN.

228 — Portraits de Champfleury, Charles Vincent, Ed. Drumont, André Theuriet, Monselet, Leconte de Lisle, Albert Volff. Sept dessins à la plume.

TAVERNE et SCHEIDECKER.

229 — Portrait et sujets relatifs au général Boulanger. Trois dessins à la plume.

230 — Mlle Mercédès de Campos. — Enlèvement de Mlle de Campos. Deux dessins à la plume, signés.

TOUSSAINT (H.)

231 — Billet de Baptême, Menu et Frontispice. Trois dessins à la sépia. Ont été gravés.

VALENTIN

232 — Dessins divers et croquis. Soixante pièces qui pour la plupart ont été lithographiées ou gravées.

VERBOECKHOVEN (Eug.)

233 — Moutons au repos. Dessin à la pierre noire. Signé et daté.

DIVERS

234 — Adresses, menus, dessus de boîtes. Quatorze dessins à la plume.

235 — Aquarelles par Férogio, H. Lebas, Delierre, Cogniard et autres. Neuf pièces.

236 — Dessins par Bigot, de Ber, Popineau, Lucien Renout, Langlois, etc. Treize pièces.

237 — Vues de Paris. Dix-sept dessins à la plume et au crayon.

238 — Vues prises en Provence et dans les Alpes. Onze esquisses à l'huile.

239 — Paysages. Quatorze aquarelles.

240 — Paysages et sujets. Treize aquarelles.

241 — Portraits, vignettes et paysages. Vingt-trois dessins.

242 — Vignettes, sujets divers et paysages. Vingt-huit dessins.

243 — Sujets indiens, armoiries, paysages. Treize aquarelles.

244 — Dessins anciens, écoles française et italienne. Trente pièces.

245 — Dessins anciens. Dix-huit pièces.

246 — Esquisses peintes. Neuf pièces, dont deux de l'école anglaise.

247 — Dessins, aquarelles, esquisses. Seize pièces.

248 — Dessins modernes. Dix-sept pièces.

249 — Dessins divers et aquarelles. Trente-huit pièces.

250 — Dessins divers et croquis. Environ cent pièces.

Grande imprimerie du Centre. — A. HERBIN, à Montluçon.

www.ingramcontent.com/pod-product-compliance
Ingram Content Group UK Ltd.
Pitfield, Milton Keynes, MK11 3LW, UK
UKHW032030260826
14628UKWH00006B/2845

9 782329 467429